Maud Ovazza

LA FORÊT DE BROCÉLIANDE

Photographies : Nicolas Fediaevsky

ÉDITIONS OUEST-FRANCE
13 rue du Breil, Rennes

... Brecheliant

Dunt Bretun vunt souvent fablant
Une foret mult lunge et lee
Ki en Bretaigne est mult loee ;
La fontaine de Berenton
Sort d'une part lez le perron ;
Aler i soleient veneor
A Berenton par grant chalor,
E o lor cors l'eve puisier,
E le perron de suz moillier ;
Por ço soleient pluie aveir ;
Issi soleit jadis pluveir
En la foret tut envirun,
Mais jo ne sai par kel raisun ;
La solt l'en les fees veeir,
Se li Bretun nus disent veir,
E altres merveilles plusors.
(1)

Robert Wace.
Le roman de Rou. (1155).

La forêt de Paimpont, aux confins du Morbihan et de l'Ille-et-Vilaine, est située à une vingtaine de kilomètres à l'est de Ploërmel, à une quarantaine à l'ouest de Rennes. Elle n'est que le reste de l'ancienne forêt qui couvrait la Bretagne intérieure. Mais il s'agit de Brocéliande, la forêt aux légendes, la forêt de Merlin et de Viviane, de la Fontaine de Barenton et du Val sans Retour. Si elle est bordée au sud, depuis 1945, par le camp de Coëtquidan, qui abrite l'Ecole spéciale militaire et l'Ecole inter-armes, elle demeure cependant le refuge des amoureux de contes et de rêve.

(1) Bréchéliant, sur qui les Bretons racontent souvent des histoires merveilleuses, une forêt très longue et large dont en Bretagne on fait grand éloge ; la fontaine de Bérenton jaillit à l'écart à côté de la pierre ; les chasseurs avaient l'habitude d'aller à Bérenton par grande chaleur, de puiser l'eau avec leur corne, et d'arroser la pierre : ils obtenaient ainsi la pluie. Il pleuvait jadis de cette façon sur la forêt tout alentour, mais je ne sais quelle en était la cause. Là on voyait les fées, si les Bretons nous disent vrai, et beaucoup d'autres choses étonnantes...

Le Miroir aux Fées : L'eau de cet étang est si calme et si transparente que l'imagination populaire a supposé que les fées y venaient contempler leur reflet.

Photo des pages suivantes:

Basse Forêt : Il s'agit de la partie orientale de Brocéliande, d'altitude plus basse que la partie occidentale (un des points les plus élevés de Bretagne). De larges allées permettent de lutter plus efficacement contre le feu.

La forêt aujourd'hui

Actuellement, l'antique Brocéliande ne couvre plus que 6 500 hectares environ, alors qu'aux premiers siècles après Jésus-Christ, elle s'étendait sur près de 140 kilomètres de long dans la péninsule armoricaine (d'autres forêts, plus à l'ouest, en sont encore la preuve). C'est un massif de feuillus, hêtres et chênes notamment, coupé de landes et d'étangs, que l'on s'efforce d'aménager. Il faut, en effet, le protéger du feu et en assurer l'exploitation : on y rencontre donc sentiers ou allées élargis, mais aussi de vastes plantations de résineux. Dans le terrain vallonné affleure souvent le schiste rouge qui constitue le sol, et l'on est tout de suite frappé par les couleurs de la forêt : le vert végétal se marie harmonieusement aux teintes passées des landes, la roche vive apparaît, relevant les contours de ses arêtes rouge violacé et, au détour d'un chemin, un étang se découvre, noyé dans une brume légère, ou reflétant le ciel... On comprend facilement, à le voir, qu'un tel cadre soit devenu dans l'imagination des Bretons (... et de bien d'autres) la résidence des fées et le siège privilégié des prodiges.

Brocéliande, Bréchéliant, Brécilien... ?

Le sens et même l'orthographe du nom de Brocéliande ont fait, et font toujours, l'objet de discussions acharnées. L'écriture du Moyen Age, fort fantaisiste en ce qui concerne les noms propres, présente des variantes nombreuses, qui vont de Bréciliant à Trécilien, de Bréchéliant à Berthelianth en passant même par Brucellier !

On se doute que devant une telle diversité de noms, les explications visant à en donner la signification ont été tout aussi variées, et souvent même bizarres. Elles vont de « terre marécageuse » ou « terre des bois », ce qui correspond en effet au paysage, à des versions faisant appel au grec ou, en tout cas... à une imagination fertile : « retraite montagneuse », par exemple.

Ce qui est certain, c'est que la première mention du nom remonte au XIIe siècle : le poète anglo-normand Robert Wace — né à Jersey, indique-t-il lui-même —, écrit dans son **Roman de Rou** (Rollon, le chef normand) :

... Bréchéliant
Dunt Bretun vunt souvent fablant
Une foret mult large et lee
(très longue et large)
Ki en Bretaigne est mult loee...
(v. 11514-11517).

Ces vers, datant des environs de 1160, nous montrent que la réputation de notre forêt n'était plus à faire, et que les Bretons (eux seulement ?) racontaient à son sujet de nombreuses « fables », des légendes ou des contes.

Du côté de La Guette : La forêt est aujourd'hui coupée de nombreuses allées entre les hêtres et les chênes. L'effort d'aménagement et de protection est constant.

Barenton, la « fontaine aux merveilles »

Aussitôt à la suite des vers que nous venons de citer, Wace mentionne « la fontaine de Berenton ». C'est l'un des haut lieux légendaires de la forêt, au nord-ouest de cette dernière, et les prodiges qui s'y produisaient ont soutenu nombre de récits. Le plus détaillé à son sujet est sans doute le roman en vers de Chrétien de Troyes **Yvain ou le Chevalier au lion,** écrit par le poète champenois dans les années 1175-1180.

Un jour, à la cour d'Arthur, Calogrenant, l'un des chevaliers, raconte ce qui lui est advenu dans la forêt de Brocéliande. Alors qu'il cheminait, il rencontra un gardien de troupeaux d'une laideur effroyable. Comme il disait être en quête d'aventures, le hideux berger lui donna ces conseils : qu'il continue son chemin jusqu'à une fontaine bouillonnante quoique froide. Qu'il utilise le bassin de fer suspendu aux branches de l'arbre voisin pour arroser le « perron » (le bloc de pierre) situé près de la margelle, et qu'il attende.

Ainsi fait Calogrenant. Aussitôt s'élève la pire tempête qu'on puisse imaginer, aussi brève que terrible. Le calme revenu, les oiseaux chantent. Un bruit de tonnerre retentit : un chevalier armé de noir arrive au grand galop de son cheval noir. Il attaque Calogrenant : la tempête a ruiné son pays, il doit en tirer vengeance. Calogrenant, désarçonné et vaincu, doit repartir à pied.

A ce récit, son cousin Yvain, chevalier de la Table Ronde, décide d'aller tenter l'aventure. Les mêmes événements se reproduisent exactement, à la différence près que, cette fois, le chevalier noir, mortellement blessé, s'enfuit. Yvain le poursuit jusqu'au château. Mais il s'y trouve emprisonné et n'échappe à la mort que par l'intervention de Lunete, la suivante de la châtelaine : elle lui a remis un anneau qui rend invisible.

Yvain, seigneur de la fontaine

Le chevalier noir mort, le château reste sans défenseur contre le premier qui se rendra à la fontaine et déclenchera la tempête en répandant l'eau sur le perron. Laudine, la dame, doit absolument se remarier, la « raison d'Etat » l'exige. Lunete ne tarde pas à lui faire accepter pour époux Yvain : bien sûr, il est le meurtrier du chevalier noir, mais cela ne prouve-t-il pas sa supériorité ? Le bien

Photo du haut:

Lumière dans les branches : Comment ne pas imaginer ainsi le lieu de rencontre des fées, des enchanteurs et des chevaliers ?

Photo du bas:

Fontaine de Barenton : Au creux de ces dalles de pierre se trouve « l'eau bouillonnante quoique froide » de la « fontaine aux merveilles ». Il suffisait d'en verser sur le « perron » voisin pour amener la pluie... ou d'autres enchantements.

du pays exige ce « sacrifice », auquel Laudine se soumet finalement assez volontiers.

Yvain défend parfaitement la fontaine et son domaine, jusqu'au jour où Arthur et la cour y viennent. Il repart avec le roi. Laudine lui a fixé le délai d'un an pour son retour, mais il oublie cette injonction. Bientôt, une messagère lui annonce que son épouse, outragée, le rejette. Il perd la raison et se réfugie dans la forêt.

Découvert et soigné par une dame et sa suivante, il guérit rapidement et, dans le but de reconquérir l'amour et l'estime de Laudine, se lance dans toutes les aventures qu'il rencontre. C'est ainsi qu'il sauve un lion attaqué et blessé par un serpent. L'animal reconnaissant s'attache aux pas du héros, d'où le nom que prend celui-ci de « chevalier au lion ». Aidé par ce compagnon peu ordinaire, il vient à bout de géants et de monstres, puis libère Lunete accusée d'avoir trahi sa maîtresse. Finalement celle-ci, touchée par la bravoure et la constance d'Yvain, lui pardonne sa faute et accepte de reprendre la vie commune.

Réalité et mythologie

Tel est, rapidement évoqué, le contenu du roman de Chrétien de Troyes, qui expose le plus largement la tradition concernant la fontaine de Barenton, en mêlant intimement éléments réels et éléments merveilleux.

La fontaine que défendent le chevalier noir puis Yvain se trouve en Brocéliande ; elle jaillit au pied d'un arbre, on voit près d'elle un « perron ». C'est toujour ainsi que l'on découvre celle de Barenton aujourd'hui. Quant au bouillonnement de l'eau froide dont parle le berger, on peut penser qu'il s'agit de l'éclatement de bulles formées par l'azote qui se dégage parfois dans l'eau de Barenton sans en changer la température.

Mais, dès la fin du XIIe siècle, la réputation de la source devient telle qu'il suffit de mentionner la « fontaine aux merveilles » pour que l'on sache immédiatement qu'il s'agit de celle de Barenton. C'est ce qui explique le rôle qu'elle joue dans le roman allégorique **Le Tournoiement de l'Antéchrist** du pieux moine de l'abbaye de Saint-Germain des Prés Huon de Méry (XIIIe siècle), et dans **Brun de la Montagne**. Ce dernier texte raconte l'histoire d'un enfant dont le père exige qu'il soit dès sa naissance déposé auprès de la fontaine, où les fées lui feront don de toutes les qualités.

Pourquoi une telle renommée ? N'oublions pas que nous nous trouvons en terre celtique, au cœur de la Bretagne

Photo du haut:

Château de Comper : C'est dans cette demeure que serait née la fée Viviane. L'étang qui borde le château cacherait le domaine enchanté donné par Merlin à son amie.
(photo Jean-Paul Gisserot)

Photo du bas:

Le Val sans Retour : Seul Lancelot, le chevalier parfaitement fidèle, réussit à anéantir les enchantements. C'est grâce à lui, d'après la légende, que l'on peut désormais sans danger se promener dans ces sentiers.

armoricaine. Les Celtes rendaient un culte spécial aux sources, et de nombreuses légendes s'y rattachaient, qui subsistent encore souvent aujourd'hui même sous leur aspect christianisé. **Yvain** nous présente, transformé bien sûr, « civilisé » si l'on peut ainsi s'exprimer, un fort ancien mythe indo-européen : la déesse-souveraine (Laudine) est considérée comme l'épouse du roi, auquel elle accorde une prospérité qui s'étend aussi à son royaume. Mais elle n'agit de la sorte que s'il demeure le meilleur, le plus fort, le plus riche, le plus généreux. La moindre blessure, le moindre manquement, et il est déchu. Il doit relever tout défi, mais en cas de défaite, il n'est plus digne de régner, et le nouveau vainqueur (Yvain) devient, par sa victoire même, favori de la déesse...que la légende, les textes, lui donnent pour épouse. Le roman aurait conservé sous un masque bien ajusté, outre la trace d'un ancien culte, le souvenir de rites d'initiation qui comportaient plusieurs épreuves. Yvain réussit là où Calogrenant échoue après sept ans d'errance, parce qu'il est meilleur chevalier... ou plus digne de régner ? Quant au rejet d'Yvain par sa dame, peut-être représente-t-il la punition infligée à celui qui a manqué à la discipline initiatique. Cela pourrait expliquer la résistance de Laudine, qui met en effet beaucoup plus de temps à pardonner à son époux l'oubli du délai fixé que le meurtre du chevalier noir. Cependant il peut tout aussi bien s'agir d'un élément commun à beaucoup de contes : le fait d'être repoussé renvoie le héros à d'autres aventures, prolongeant d'autant le plaisir du lecteur ou de l'auditeur.

Merlin l'enchanteur

Après Chrétien de Troyes, la fontaine de Barenton garde tout son caractère merveilleux, grâce à un personnage lié, comme Yvain, au roi Arthur et à la Table Ronde : il s'agit bien sûr de Merlin, l'enchanteur, le prophète, dont le Moyen Age et même l'époque moderne n'ont cessé de raconter et d'exploiter le mythe. C'est auprès de la fontaine merveilleuse qu'il apercevra Viviane, et qu'il lui donnera rendez-vous. Peut-on rêver meilleur endroit pour les retrouvailles d'un enchanteur et de celle qui deviendra une magicienne aussi puissante que lui ?

Merlin est né, nous raconte Robert de Boron au XIIIe siècle, des entreprises du démon. Celui-ci avait décidé de s'emparer de toute une famille, dont il pervertit ou tue les membres les uns après les autres. Seule résiste une fille, qui suit scrupuleusement les conseils de son confesseur. Mais un jour, la conduite de sa sœur esclave du démon la met en colère et elle oublie de prier avant de se coucher. Le diable profite de cette défaillance : il abuse d'elle pendant la nuit, sans qu'elle s'aperçoive de rien. Lorsqu'elle comprend son état, la malheureuse se précipite chez son confesseur. Celui-ci refuse d'abord de croire à son innocence, puis, convaincu de sa bonne foi, lui promet qu'elle sera sauvée si elle demeure chaste.

La grossesse devient évidente, et la jeune femme est jugée selon la coutume. On la condamne à être enfermée dans une tour, avec deux femmes qui s'occuperont d'elle jusqu'à sa délivrance : l'enfant doit naître, il n'est pas responsable de la faute de sa mère. On ne peut le punir à cause d'elle. Il vient donc au monde, et sa mère le fait immédiatement baptiser, afin qu'il échappe à l'emprise du diable. Elle lui donne le nom de son propre père, Merlin. L'enfant grandit et se développe rapidement : à dix-huit mois, il fait la preuve de ses pouvoirs extraordinaires. Fils du démon, il connaît tout du passé. Mais sa mère étant restée pure, Dieu lui a accordé de connaître l'avenir. Merlin dévoile au juge qui veut condamner sa mère que celui-ci est lui-même fils d'un prêtre, et il prédit la mort de ce dernier. Puis, à l'âge de sept ans, il est amené devant le roi usurpateur Vortigern. Il lui révèle ceci : la tour que Vortigern veut édifier s'écroule parce que sous les fondations se trouve un lac, où dorment deux dragons, un rouge et un blanc. Ils se retournent lorsque le poids de la construction les incommode. Voilà pourquoi on ne parvient pas à l'édifier. On découvre en effet les monstres et, comme l'avait annoncé l'enfant, ils se combattent et s'entretuent, présageant ainsi l'avenir de Vortigern et de ses futurs vainqueurs.

Le temps passant, Merlin devient l'aide et le conseiller du roi Uther, père d'Arthur, puis d'Arthur lui-même. Il lui apparaît sous forme de jeune homme, de vieillard, de berger à l'aspect terrifiant ou d'oiseau, selon les circonstances, car il change d'aspect à son gré, se déplace comme il le désire, et voit ce qui se passe à des lieues de l'endroit où il se trouve.

Voici donc ce que nous savons de Merlin par Robert de Boron, mais nombre d'autres textes contemporains et postérieurs complètent la légende qui s'est constituée du XIIe au XIVe siècle.

Merlin et Viviane : l'enchanteur enchanté

Un jour, auprès de la fontaine de Barenton qu'il aimait particulièrement, Merlin, sous l'apparence d'un magnifique jouvenceau, aperçoit une merveilleuse jeune fille qui occupait déjà les lieux. Il s'approche et engage la conversation. Elle révèle qu'elle s'appelle Viviane, qu'elle est fille d'un gentilhomme du voisinage. Pour lui plaire, il fait apparaître à ses yeux un jardin enchanteur, et de jeunes gens et jeunes filles qui dansent au son de la plus belle musique. Charmée, Viviane accepte de revoir Merlin, qui est tombé amoureux d'elle.

Au fil des rencontres, Viviane obtient qu'il lui enseigne tous les tours magiques qu'il connaît, et devient bientôt aussi habile que lui. Pour plaire à sa belle, il a créé un domaine et un château merveilleux, dont elle est la maîtresse absolue. Nul n'y pénètre sinon celui qu'elle y autorise. Tout autre ne discerne à cet emplacement qu'un lac semblable à tous les lacs, encore plus profond semble-t-il. C'est là qu'elle élèvera l'un des plus célèbres chevaliers de la Table Ronde, Lancelot du Lac, devenu orphelin, en même temps que ses cousins Lionel et Bohort.

Les amours de Merlin et de Viviane dureront de longues années. Malgré les prières de celle qui est devenue « fée », magicienne, Merlin refuse obstinément de lui livrer son dernier secret, qui le ferait prisonnier à jamais. Un jour pourtant il cède, quoiqu'il sache fort bien à quoi cela l'entraînera. Il révèle donc comment on peut enfermer un homme dans une prison invisible mais inviolable, aux murs d'air infranchissables à qui n'y est autorisé. Pendant que Merlin sommeille, Viviane répète les gestes et les paroles magiques que l'enchanteur lui a enseignés, et, à son réveil, il est enfermé dans la plus solide des prisons. Seule Viviane pourrait l'en délivrer, mais elle veut garder son amant pour elle et refuse. C'est dans cette prison d'air que les deux enchanteurs continuent de vivre leur amour.

Merlin, Viviane et Brocéliande

Plusieurs lieux de la forêt sont liés étroitement à la légende de Merlin et de Viviane. Le plus connu d'entre eux est la fontaine de Barenton auprès de laquelle, nous l'avons vu, avaient lieu leurs rencontres. L'histoire devint si célèbre que le « perron », le bloc de pierre sur lequel Yvain avait dû répandre de l'eau, est connu maintenant sous le nom de « perron de Merlin » : c'est là, dit-on, qu'il s'asseyait lors de ses rendez-vous avec sa bien-aimée, ou qu'il l'attendait lorsqu'elle tardait à le rejoindre.

On raconte que Viviane est née au château de Comper, et qu'elle y a vécu jusqu'à sa rencontre avec Merlin. Ce château, situé au nord de la forêt de Paimpont, a été la propriété des familles de Laval, puis de Coligny. Détruit par les guerres de Religion tout d'abord, par la Révolution de 1789 ensuite, il n'en reste qu'une grosse tour et deux courtines en ruines, ainsi que la poterne. Restauré au siècle dernier pour ce qui concerne le logis principal, il est entouré de plusieurs étangs. C'est peut-être la raison pour laquelle on en a fait le fief de Viviane : l'un de ces étangs cacherait le domaine enchanté de la Dame du Lac.

Le nom même de Viviane serait très étroitement lié, Michel Rousse l'a montré, à une rivière appelée Ninian qui passe non loin de la forêt, entre Josselin et Ploërmel. En effet, l'une des formes les plus courantes dans les manuscrits médiévaux est : Niniane. « Serait-il téméraire de mettre les deux noms en relation ? » demande M. Rousse. Il répond : « Niniane pourrait avoir été la divinité de cette rivière. (...) Nous aurions alors en Niniane un témoignage du culte des sources », si important en Gaule et notamment en Bretagne. A travers Viviane, donc, nous remontons encore une fois aux cultes celtiques les plus anciens, ceux que nous retrouvons à travers les textes du pays de Galles et d'Irlande, de même que nous y retrouvons de nombreux personnages et de nombreux thèmes des légendes de Brocéliande.

Le tombeau de Merlin et de Viviane

On vous montrera aussi, dans la forêt de Brocéliande, les tombeaux de Merlin et de Viviane. En fait, il s'agit d'un cercle de pierres dressées, qui date du XIXe siècle, et a été détruit à la dynamite. Mais comment cela ? Merlin, l'enchanteur, n'était-il pas immortel ? Pourquoi n'a-t-il pas rendu Viviane éternelle, lui qui savait tant de choses ?

Jamais, à aucun moment, aucun texte n'indique que Merlin n'est pas un être

Maison de Viviane : Restes d'un monument mégalithique (?), ces pierres montrent par leur appellation l'importance de la légende pour les habitants de la région.

Photo des pages suivantes :

Etang de Paimpont : Dans ces eaux calmes se reflètent les bâtiments de l'abbaye et du bourg de Paimpont, « la tête du pont » en breton. (photo Jean-Paul Gisserot)

humain, aux pouvoirs exceptionnels, certes, mais condamné à mort comme tout homme. Et si l'on peut voir un « tombeau de Merlin », alors que certains textes racontent qu'il a été enfermé pour l'éternité dans la « prison d'air » magique élevée par Viviane, c'est tout simplement parce que peu à peu la légende a évolué, se déformant suivant les mutations des mentalités. Les personnages de l'enchanteur et de Viviane changent d'aspect, deviennent plus ou moins sympathiques, quitte même à se transformer en horrible sorcier ou farouche mégère.

Certaines versions de la légende racontent que Merlin, parfait sous tous les rapports, avait cependant hérité de son père le Diable un des péchés capitaux, la luxure, à laquelle il ne savait résister. Viviane, à chacune de leurs rencontres, était obligée de recourir à la magie, et Merlin ne la possédait qu'en rêve. Son emprisonnement final est le châtiment mérité de son vice : la punition est d'autant plus sévère que, grâce à son habileté, Viviane ne lui a jamais appartenu.

Celle-ci le hait profondément, quoiqu'elle lui montre bon visage. Un jour, elle lui demande de faire en sorte que, à leur mort, ils aient une tombe commune. Merlin la conduit à l'endroit désigné et s'allonge dans le tombeau, afin que sa dame voie bien qu'elle y aura place aussi. Sur-le-champ, Viviane abat la dalle qui sert de couvercle et la scelle magiquement. Merlin meurt donc, mais son esprit reste vivant et continue à communiquer avec Viviane ou avec les quelques rares chevaliers auxquels celle-ci permet d'approcher.

D'autres textes vont plus loin encore : Merlin est présenté sous les traits d'un vieillard libidineux qui n'hésite pas à faire violence à une centenaire. Viviane, toute jeune, doit le supporter. Elle réussit à feindre, mais sa haine n'en est que plus profonde et plus vive. Elle n'a qu'une idée : se débarrasser de Merlin. Celui-ci la mène un jour à une grotte fort bien aménagée. Par magie, Viviane le paralyse, puis le jette dans une fosse sur laquelle elle scelle une dalle de pierre.

C'est précisément cette version que Guillaume Apollinaire, le précurseur des surréalistes, a reprise dans **L'Enchanteur Pourrissant.** Son apostrophe à Viviane se ressent d'une misogynie déjà présente dans les textes du XIVe siècle.

Nous sommes loin ici de la poétique « prison d'air » dans la forêt, et de l'amour qui fait de Merlin un prisonnier résigné à son sort du moment que Viviane ne le quitte pas, ce qu'elle fait très volontiers. Mais c'est sûrement à cause de ces déviations du conte que l'on a absolument voulu trouver, dans la forêt cadre de leurs amours, un tombeau pour les deux amants.

Le Val sans Retour : Cette vallée sinueuse a été attribuée pour séjour à Morgane, sœur du roi Arthur. Elle retenait tous les chevaliers qui osaient s'aventurer en ce lieu.

20

Morgane et le Val sans Retour

Dernier personnage mythique associé à Brocéliande, mais non le moindre d'entre eux : Morgane, dont le nom résonne souvent de façon sinistre à nos oreilles. En effet sa légende, comme celle de Merlin, s'est peu à peu détériorée, et le personnage est devenu celui d'une mauvaise fée, qui ne songe qu'à nuire.

Morgane, dont le nom signifie « née de la mer », est, chez les Gallois et dans les premiers textes continentaux qui la mentionnent, une femme aux pouvoirs immenses. On peut y reconnaître Modron, la déesse-mère des Celtes. Elle connaît toutes les sciences, et notamment l'art de guérir. Elle règne sur l'île d'Avalon — l'île des Pommes, l'Autre-Monde celtique —, et c'est auprès d'elle que Merlin et Taliesin emportent Arthur blessé pour qu'elle le soigne. Le roi demeurera en Avalon jusqu'au jour où il reviendra restaurer la grandeur de la Bretagne. Cette croyance au retour du souverain était si fortement implantée chez les Bretons qu'il eût fait mauvais pour quiconque le mettre en doute, indique Alain de Lille au XIIe siècle.

Dans la légende qui la lie au Val sans Retour, Morgane n'est plus la même : elle est vindicative, et cette caractéristique ira en s'accentuant au fil des temps. Peut-être était-ce une façon, pour l'Eglise, de faire reculer l'influence qu'aurait pu conserver le culte de cette divinité païenne ?

Morgane, sœur d'Arthur, experte en magie, tomba amoureuse d'un chevalier. Mais celui-ci lui préféra une jeune fille aussi belle et sage que Morgane, sous les traits d'une vieille sorcière, était laide et méchante. La fée eut beau menacer, charmer, se transformer en ravissante jouvencelle, le chevalier restait fidèle à son amie. Furieuse et ressentant cela comme une tromperie, Morgane enferma les deux amants dans une prison invisible aux murs d'air infranchissables. Ils pouvaient se voir et s'entendre, mais ne pouvaient esquisser le moindre mouvement l'un vers l'autre. Et Morgane étendit sa vengeance à tout le sexe mâle, coupable selon elle de félonie à l'égard de toutes les femmes et, par conséquent, d'elle-même.

Le Val sans Retour, vallée sinueuse creusée par le ruisseau du Rauco, constitue dans les textes la prison la pire qui soit : rien ne la distingue du reste de la forêt, aucune marque, aucun signe. Mais tout homme qui y pénètre est condamné à ne jamais en sortir (ce qui explique le nom) s'il a, une seule fois, été infidèle à sa dame, ne serait-ce qu'en pensée. Seul rompra le charme le chevalier à la fidélité parfaite qui s'avancera dans le Val. Les captifs mèneraient une vie très agréable grâce aux enchantements de Morgane, si la perte de leur liberté ne les empêchait d'y prendre plaisir.

Un jour, Lancelot passe non loin de là, et aperçoit une demoiselle qui se lamente amèrement : son ami est entré dans le Val sans Retour et n'en est pas revenu. Lancelot, informé exactement de ce qui l'attend, tente tout de même l'aventure. Dès qu'il pénètre dans le Val Enchanté, il lui faut affronter épreuve sur épreuve : deux dragons l'attaquent, il doit franchir une rivière bouillonnante sur une planche fort étroite gardée par cinq chevaliers, puis il se trouve devant un mur de flammes. Sa vaillance fait merveille, ainsi que l'anneau donné par Viviane, la Dame du Lac, qui l'avait élevé : cette bague possède la vertu de dénouer tous les enchantements. Lancelot parvient enfin au château de Morgane, et celle-ci est bien obligée de reconnaître sa défaite : Lancelot a triomphé de toutes les embûches, mais surtout lui, l'amoureux parfait, n'a jamais été une seule seconde infidèle à celle qu'il aime, Guenièvre, l'épouse d'Arthur.

Morgane fait contre mauvaise fortune bon cœur, et libère tous ses prisonniers. Le Val sans Retour n'est plus, pour l'instant, qu'une vallée comme les autres, d'où les captifs peuvent sortir sans difficulté.

La vengeance de Morgane

Dans la grande compilation en prose du « **Lancelot-Graal** » au XIVe siècle, les légendes de Morgane et de Lancelot, ainsi que toutes celles de la Table Ronde et de la Quête du Graal ont été reprises, et c'est là que nous trouvons la vengeance horrible de Morgane.

Furieuse du succès de Lancelot, elle le charme, l'endort, et le mène en un manoir enchanté, introuvable, où elle le tient enfermé dans une pièce. Il pense sans cesse à son amour pour la reine Guenièvre et, alors que tous les chevaliers de la Table Ronde sont partis à sa recherche, il peint sur les murs les scènes les plus marquantes de ses relations avec l'épouse d'Arthur. Morgane ne cesse de le tenter, mais la vue de ses fresques, si précises, aident le héros à résister. Il réussit à s'évader. Morgane n'oublie pas sa vengeance, que l'attitude de Lancelot lui fait désirer plus forte encore. L'occasion s'en présente le jour où le roi Arthur, son frère, arrive par hasard au château. Elle lui fait grand accueil, lui montre toutes les merveilles du logis. Puis on le conduit à travers la demeure jusqu'à la chambre aux peintures, où il dormira. Là, devant des scènes aussi explicites et des personnages aussi précis (Lancelot était allé jusqu'à écrire les noms sous les figures qu'il représentait), Arthur entre dans une fureur insigne. Morgane cache sa joie. Elle est vengée, au-delà même de son espoir. Car Arthur, blessé, outré, refuse la moindre indulgence aux coupables. Lancelot s'exile. Les chevaliers de la Table Ronde prennent parti pour l'un ou pour l'autre. L'unité de la chevalerie arthurienne est rompue, c'est le commencement de ce qui aboutira à une guerre fratricide, au cours de laquelle tous mourront, sauf Lancelot, Guenièvre et Bohort qui entreront en religion.

On est bien loin, devant cette fureur vindicative de Morgane, de la figure de guérisseuse et de savante de la mythologie galloise. Celle qui doit soigner les blessures d'Arthur et lui permettre ainsi de revenir sauver la Bretagne, celle qui se distingue par sa beauté et sa sagesse, est devenue une horrible sorcière, ivre de vengeance, cause de la ruine de la Table Ronde et de la mort de tout un monde.

Qui est la vraie Morgane ? On peut penser que le personnage de la déesse-mère Modron est parmi ceux qui ont eu le plus à souffrir de la christianisation. Son culte était très répandu en Gaule et dans les pays celtiques. Il est probable que pour en détourner les fidèles, on a peu à peu transformé cette divinité protectrice en personnage faux, jaloux, rancunier, méchant, qui a fait un pacte avec le diable. La Morgane du XIVe siècle est aux antipodes de son ancêtre directe, la Morgane des textes du XIIe siècle, chez laquelle on retrouve la sagesse et la science universelle qui conviennent à l'héritière d'une déesse passée à l'état de personnage littéraire. La déformation est la même que celle qu'ont subie Merlin et Viviane.

Brocéliande et l'histoire : Paimpont et l'abbaye

Quittons maintenant, autant que cela soit possible en forêt de Brocéliande, le domaine des légendes, pour celui de l'histoire. La forêt de Paimpont a toujours été centre religieux depuis la plus haute antiquité. Haut lieu druidique, comme toutes les forêts, endroit de culte tout désigné par ses fontaines, ruisseaux et étangs, le christianisme s'en est emparé : une chapelle fut élevée près de la fontaine de Barenton, chapelle à laquelle font allusion de nombreux textes du Moyen Age et qui a disparu aujourd'hui.

C'est à Paimpont, au centre de la forêt, que fut édifié au VIIe siècle un prieuré dépendant de l'abbaye de Saint-Méen. Erigé à son tour en abbaye au XIIe siècle, le monastère fut à l'origine du bourg de Paimpont. Ce nom breton signifie la « Tête du pont » : de fait, le bourg est situé non loin d'un pont, sur les rives d'un étang dans lequel se reflètent les bâtiments de l'abbaye. Une autre étymologie a été proposée pour Paimpont : ce serait « penn-Ponthus », la capitale de Ponthus. Il s'agit du héros dont un texte du XIIIe ou du XIVe siècle raconte l'histoire : Ponthus, fils du roi de Galice, rend visite au seigneur de Gaël, sire de Brocéliande, et tombe amoureux de sa fille Sydoine. Il défie tous les chevaliers et triomphe dans un champ de cinquante adversaires successifs.

L'abbaye a été rénovée au XVIIe siècle, et sert aujourd'hui d'abri à la mairie et au presbytère de Paimpont. L'église du XIIIe siècle, elle, conserve un trésor et de fort belles statues. Ce qui frappe surtout, ce sont le calme et la sérénité du cadre : l'étang entouré d'arbres séculaires, les bâtiments d'aspect sévère qui s'élèvent sur la rive, et qui invitent à la réflexion, comme le monastère devait inviter à la prière.

Un personnage et une aventure hors du commun : Eon de l'Etoile

Vers le milieu du XIIe siècle, à l'époque où Wace écrivait les vers que l'on a lus au sujet de la forêt de Brocéliande, la région était secouée par des événe-

Photo du haut:

Abbaye de Paimpont : Fondé au VIIe siècle, le prieuré d'origine est devenu abbaye au XIIe siècle. Les bâtiments actuels datent du XVIIe siècle. (photo Jean-Paul Gisserot)

Photo du bas:

Chapelle Saint-Jean : Entre Trécesson et Paimpont, ses pierres de granit et ses ardoises donnent à l'édifice un aspect un peu sévère qui s'harmonise parfaitement avec les landes et les arbres de Brocéliande.

ments assez extraordinaires.

Un nommé Eudon ou Eon de l'Etoile, homme en apparence assez peu recommandable, qui avait mené une vie d'ermite dans la forêt, se livra au brigandage, entouré de larrons qu'attirait une facile richesse. Puis Eon s'adonna à la magie, acquérant ainsi une réputation grandissante auprès des paysans qui le craignaient. Il ne s'en tint pas là. Entendant un jour à l'église les paroles latines « Per eum qui venturus est judicare vivos et mortuos » (« Par celui qui doit venir juger les vivants et les morts »), il prétendit que Dieu le désignait par ces mots. En effet, « eum » et « Eon », à cette époque, se prononçaient de façon fort voisine. Il n'en fallut pas plus à l'ancien ermite pour se prétendre fils de Dieu, désigné pour juger et punir ! Il fut rapidement suivi dans son hérésie par de nombreux disciples, si convaincus que beaucoup moururent pour les idées de leur chef. En fait, que Eon ait été fou ou non, il continua ses exactions sur les paysans qui le redoutèrent encore plus.

Mais les impiétés répetées d'Eon de l'Etoile ne pouvaient être longtemps supportées par le clergé, et on l'arrêta. Il comparut devant le concile réuni à Reims en 1148, et se présenta un bâton fourchu à la main. Ayant répondu aux questions qu'il était celui qui doit venir juger les vivants et les morts, il expliqua ainsi son bizarre instrument : lorsque les deux branches de la fourche étaient tournées vers le ciel, Dieu régnait sur les deux tiers du monde, Eon sur le troisième. La situation s'inversait si le bâton était retourné.

Que Eon de l'Etoile eût été un fou, ou bien un brigand d'une extrême habileté, capable de fanatiser une foule de gens, il fut remis entre les mains de Suger, l'abbé de Saint-Denis, qui le fit jeter dans un cachot où il ne tarda pas à succomber.

Quant à ses sectateurs, ils furent poursuivis sans pitié, sommés de se rétracter. Lorsqu'ils refusèrent, ils furent brûlés vifs comme tous les hérétiques.

L'histoire d'Eon de l'Etoile n'est pas réellement claire. Il semble que le personnage ait été d'assez haute extraction, et la vindicte avec laquelle lui et ses fidèles furent poursuivis peut laisser supposer qu'il n'y avait pas seulement là affaire de folie et de brigandage. Nous n'avons pas de témoignages nous permettant d'affirmer catégoriquement l'une ou l'autre hypothèse. Ce que l'on peut assurer, c'est que le personnage est digne de figurer dans la galerie de portraits de la forêt de Brocéliande !

Tréhorenteuc

A l'époque contemporaine, l'abbé Gilard, recteur de Tréhorenteuc, a consacré sa vie à la mise en valeur des légendes liées à Brocéliande. Curé de ce petit bourg, non loin de la fontaine de Barenton et du Val sans Retour, il a cherché à pénétrer la signification des mythes du Graal, et à mettre en valeur l'église dont

Etang de Forges : Couvrant environ 15 hectares, l'étang est situé près du village des Forges de Paimpont, où l'on travaillait encore le fer au siècle dernier, pour maintenir une tradition datant du XVIIe siècle.

il a eu la charge durant de nombreuses années.

L'église de Tréhorenteuc est consacrée à sainte Onenne, que l'on venait prier lorsque l'on souffrait d'hydropisie. Fille du roi Hoël III, sœur du roi Judicaël devenu saint Judicaël, elle était morte de cette maladie.

Si aujourd'hui les touristes sont attirés vers l'église de Tréhorenteuc, d'une architecture très simple, c'est parce que l'abbé Gilard en a fait une sorte de musée du Graal et des légendes de la forêt toute proche. On y voit un extraordinaire chemin de Croix exécuté par un prisonnier allemand de la dernière guerre, Karl Rezabeck. Celui-ci, par exemple, a représenté le Christ tombant devant Morgane, et toutes les étapes de ce chemin de Croix se situent dans le cadre de Tréhorenteuc ou du Val sans Retour. Les vitraux rappellent eux aussi la légende du Graal et de Joseph d'Arimathie qui aurait recueilli le sang du Christ dans le précieux « vessel ». On voit également le « blanc cerf » qui, dans la légende, était l'un des animaux dont la poursuite entraînait le chevalier vers l'aventure. Même si les contes et les mythes du Graal ont été fortement christianisés, il est un peu insolite de retrouver ces très anciens mythes celtiques, donc païens, à l'honneur dans une église, et la décoration de celle de Tréhorenteuc a fait scandale à son époque.

Cette église de Tréhorenteuc .représente finalement assez bien ce que l'on peut trouver en Brocéliande. Se promener dans la forêt c'est, bien sûr, pouvoir admirer des paysages magnifiques. C'est aussi et surtout retrouver, pour peu que l'on s'y efforce, la poésie et les croyances du Moyen Age avec toute leur ferveur religieuse. Et par-delà celles-ci, c'est retourner au cœur de la tradition celtique, celle des Bretons, des Gallois, des Irlandais, et même, avant eux, à la tradition indo-européenne. Il ne faut pas grand effort à qui s'assied près de la Fontaine de Barenton pour imaginer le chevalier noir se précipitant au grand galop afin de défendre son domaine, ou pour se représenter Merlin et Viviane devisant tranquillement à l'ombre des grands arbres... Et qui ne ressent encore une vague inquiétude en posant le pied à l'entrée du Val sans Retour ? Sait-on jamais ? Morgane a peut-être décidé de restaurer l'enchantement ?

Etang des Forges : Les nombreux étangs de la forêt, souvent embrumés, ont leur place dans les légendes. Ils font partie du paysage caractéristique de Brocéliande.

Photo des pages suivantes :

Trécesson : Au sud de la forêt, ce magnifique château du XVe siècle conserve l'aspect des demeures seigneuriales où les conteurs narraient les aventures de l'Enchanteur.
(photo Hervé Champollion)

BIBLIOGRAPHIE

Les œuvres de Chrétien de Troyes — **Erec et Enide ; Lancelot ou le Chevalier de la Charrette ; Yvain ou le Chevalier au lion ; Perceval ou le Conte du Graal —**, ainsi que de nombreux textes du Moyen Age racontant les légendes de la Table Ronde ont été traduits en français moderne aux éditions Champion-Slatkine. Paris-Genève.

Les textes gallois des **Mabinogion** ont été traduits par Joseph Loth en 1913. Cette traduction a été rééditée aux éditions de l'Arbre Double en 1980.

F. Bellamy, **La forêt de Bréchéliant,** Rennes 1896.

M. Rousse, **Niniane en Petite-Bretagne** - Bulletin bibliographique de la Société Internationale Arthurienne - n° 16 - 1964.

Sur la religion des Celtes, on pourra consulter :

F. Le Roux - C.-J. Guyonvarc'h, **La civilisation celtique** - Ogam Celticum n° 24 - Rennes 1978 ; et **Les Druides** - Ed. Ouest-France, Rennes 1986.

Il existe également une Société Internationale Arthurienne, qui publie régulièrement un Bulletin bibliographique rendant compte des travaux publiés dans le monde entier au sujet des romans de la Table Ronde et de tout ce qui s'y rattache :

Société Internationale Arthurienne branche française :

M. Philippe MENARD, secrétaire de la section française de la S.I.A.
37, rue Michel-Ange, 75016 PARIS.

Chapelle des Forges : La simplicité de cette chapelle est en harmonie avec celle du village, qu'on a appelé « village d'opérette ».

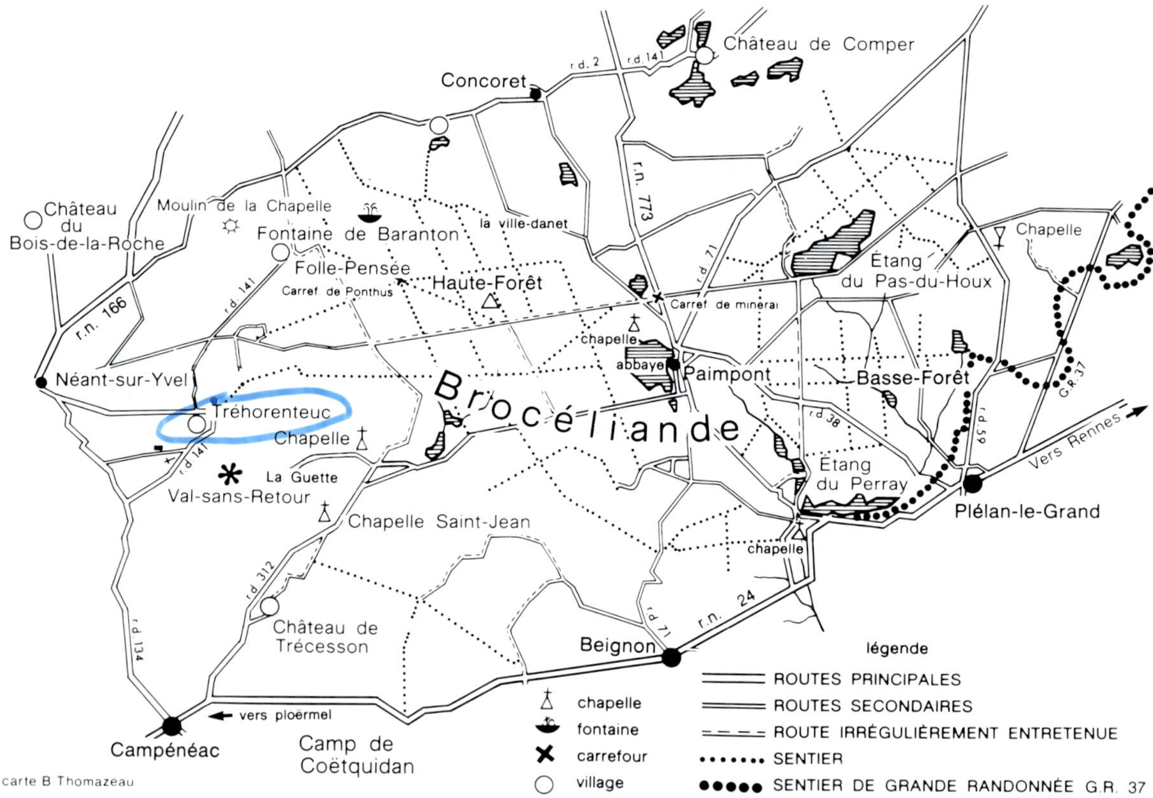

En première de couverture : les étangs de la forêt font partie du paysage de Brocéliande.

En quatrième de couverture : basse forêt, l'abondance des frondaisons permet à la lumière des jeux magnifiques à travers les feuilles et les branches.

Cette monographie appartient à la collection « la Bretagne » dirigée par Michel Renouard.

© 1986 - © 1992 - Édilarge S.A. - Éditions Ouest-France, Rennes - I.S.B.N 2 7373.1019.9 - Dépôt légal : février 1992 - N° d'éditeur : 2338.01.06.02.92
Imprimerie Raynard, La Guerche-de-Bretagne.